AMANDA,

DRAME

EN TROIS ACTES ET EN PROSE,

TIRÉ

DES ENFANS DE L'ABBAYE.

AMANDA,

DRAME,

EN TROIS ACTES ET EN PROSE,

TIRÉ

DES ENFANS DE L'ABBAYE,

ET DÉDIÉ

A MADAME REGINA - MARIA ROCHE.

PAR E. N. F. DESANTEUL.

PRIX 1 franc 20 centimes.

A PARIS,

CHEZ

l'Auteur, rue Hautefeuille, n°. 8.

VENTE, Libraire, Boulevard italien n°. 340.

SUROSNE, Libraire, Palais du Tribunat, Galerie de bois N°. 253.

FRECHET et Cᵉ. Libraires rue St. - Sulpice, N° 718, près celle Tournon.

AN 11 — 1803

EPITRE DÉDICATOIRE,

A MADAME

REGINA-MARIA ROCHE.

MADAME,

CORRIGER *les ridicules , réprimer les passions déré-*
glées , frapper les uns du fouet de l'ironie et de la satyre ,
imprimer sur les autres le sceau de la honte et du déshon-
neur ; tel est le but que doit se proposer tout écrivain qui
dévoue sa plume à la peinture des mœurs. Le roman ,

ainsi que le théâtre, doit être un code de morale en action, où les hommes aillent puiser en s'amusant, des exemples et des leçons qui les détournent du vice et les conduisent à la vertu. Si les auteurs n'ont pas toujours réussi suivant leurs desirs, à changer leurs semblables, on ne doit pas en rejetter la faute sur la faiblesse de leur art, mais bien plutôt sur la faiblesse humaine qui est beaucoup plus portée à la légèreté, à l'égarement et à la corruption. Eh! qui étaient plus capables de parvenir à d'heureux résultats que nos Racine et nos Moliere, vos Fielding et vos Richardson!

Vous marchez, Madame, sur les traces de ces derniers grands maîtres; comme eux, vous peignez l'innocence aux prises avec le crime, et près de devenir la déplorable victime des apparences. Si Fielding nous amuse par le naturel et la vérité de ses portraits, si Richardson nous élève par la profondeur et le sublime de ses caractères; vous n'avez pas, Madame, moins de droits pour nous plaire, vous nous intéressez, vous nous attendrissez par le sentiment; vos ouvrages respirent cette douce mélancolie et ces affections qui plaisent aux cœurs tendres et délicats. A chaque page, on est entraîné par ce puissant mobile, ce charme délicieux d'un intérêt qui va toujours croissant ; en un mot , vos productions portent le cachet d'une ame profondément sensible ; elles sont dévorées plutôt qu'elles ne sont lues.

Votre roman des Enfans de l'Abbaye *a surtout été reçu avec enthousiasme*, et croyez, Madame , qu'il n'est pas un de vos lecteurs , de quelque nation qu'il soit , qui ne s'empresse d'adopter d'aussi charmans enfans. Parvenus en France, ils ont été confiés à un maître (*) dont l'esprit sûr et le goût exquis se sont appliqués à conserver à toutes leurs pensées cette teinte de délicatesse , de sentiment et de grâces qui distingue votre sexe : enfin cet habile français a élevé vos enfans avec tant de soins que, quiconque a pu les connaître et les juger dans leur climat , doit convenir qu'ils n'ont perdu ni de leurs sentimens , ni même de leurs traits ; aussi , Madame , ces aimables enfans ont-ils reçu dans nos meilleures sociétés , l'accueil le plus distingué.

Mais quittons la métaphore , après vous avoir entretenue, Madame, du vif plaisir que nous a pro-

______

(*) M. Morellet, membre de l'Institut et traducteur fort estimé de divers romans anglais.

curé votre ouvrage, puis-je vous parler un peu de celui que j'ai l'honneur de vous dédier. Quoique mon goût et mon penchant m'entraînent à un autre genre de littérature que celui du Drame, j'avoue que je n'ai pu résister à la tentation de travailler sur un sujet aussi intéressant que celui de vos Enfans de l'Abbaye. Je les ai lus avec délices, et bien que je fusse occupé d'un autre ouvrage qui pouvait flatter mon amour-propre, j'ai tout quitté, et c'est avec enthousiasme que je me suis livré à ma nouvelle composition dramatique. J'ai rencontré bien des difficultés, et d'autant plus désagréables que j'aurais voulu conserver tous les épisodes de votre roman, mais, vous le savez, Madame, notre scène exige surtout que l'action soit vive, animée, entraînante; et pour rendre les situations de votre orpheline de plus en plus pénibles et intéressantes, je me suis vu quelque fois forcé de substituer des caractères et des incidens différens de ceux que vous avez créés : du reste, je n'ai fait que broder légèrement sur un fond qui appartient tout entier à votre brillante imagination. S'il m'est possible, Madame, après avoir crayonné, d'après vos ingénieuses peintures, de former encore bien des regrets, c'est que les règles du théâtre ne m'aient pas permis *d'encadrer avec vraisemblance , toutes les beautés de votre charmant ouvrage; heureux, si vous voulez bien reconnaître , dans mon premier essai, que l'ésquisse de l'élève ne forme pas avec le riche tableau du maître, un disparate trop choquant.*

J'ai l'honneur d'être, avec la plus vive reconnaissance et la plus haute considération ,

Madame ,

Votre très-humble et très-obéissant serviteur ,

E. N. F. DESANTEUL.

PERSONNAGES.

LORD CHERBURY, *père de Mortimer et tuteur de Belgrave.*

LORD MORTIMER, *amant d'Amanda.*

AMANDA, *Orpheline.*

OSCAR, *frère d'Amanda.*

LE COLONEL BELGRAVE, *amoureux d'Amanda.*

MISTRISS BRYNE, *amie d'Amanda.*

MISTRISS RUSBROOK, *femme haute et impérieuse.*

EMILIE, *fille de Mistriss Rusbrook.*

RANDOM, *maître d'hôtel-garni.*

TOM, *valet de Mistriss Rusbrook.*

PLUSIEURS DOMESTIQUES *de Belgrave.* (Personnages muets).

La Scène est à Bristol.

AMANDA,

DRAME.

ACTE PREMIER.

Le théâtre représente une chambre médiocrement meublée.

SCÈNE PREMIÈRE.

AMANDA, MISTRISS BRYNE.

(Toutes deux sont occupées à des ouvrages de femme.)

M. BRYNE.

Eh bien, ma chère Amanda, qu'avez-vous donc? Vous soupirez ; des larmes s'échappent de vos yeux.

AMANDA.

Ce n'est rien, ma bonne amie.

M. BRYNE.

Pardonnez-moi, mon ange ; quelque idée bien triste vous occupe, vous êtes aujourd'hui plus rêveuse que de coutume, ne me cachez rien, n'ai-je pas le droit de partager vos peines? Allons, épanchez votre ame dans la mienne. Vous hésitez, Amanda? Votre amie aurait-elle perdu votre confiance?

AMANDA.

Pourriez-vous douter? ....

M. BRYNE.

Parlez donc, ma chère enfant.

AMANDA.

Eh bien, je vous l'avouerai, ma bonne, je suis fort inquiète de l'absence de lord Mortimer, il m'avait si bien promis d'être ici avant un mois, et voilà déjà deux jours que ce mois est écoulé. Pourquoi ne revient-il pas? Ah! je n'en puis douter, il ajoute foi aux calomnies qu'on a répandues contre moi.

M. BRYNE.

Dissipez ces alarmes.

AMANDA.

Les méchans ont si bien dirigé leurs complots!

M. BRYNE.

Croyez que, tôt ou tard, ils seront démasqués et punis.

AMANDA.

Et mon père, me le rendront-ils?

M. BRYNE.

Ma chère fille, je connais et je sens toute l'étendue de vos infortunes. Ce n'était pas assez pour vos infâmes oppresseurs de vous dépouiller, vous et votre frère, des biens immenses des lords Dunreath, vos ancêtres; ils ont poussé la barbarie jusqu'à noircir votre réputation et celle de votre père. Malheureux Fitzalan! Il n'a pu survivre à l'injuste reproche de lord Cherbury! accuser votre père, cet homme si droit, si délicat, d'abuser de sa confiance en cherchant à exciter avec adresse la passion de lord Mortimer! Mais aussi avec quelle chaleur cet intéressant jeune homme a défendu sa mémoire.

A M A N D A.

Elle est complettement justifiée, ma bonne ! et c'est
au généreux Mortimer que je le dois. Ah ! s'il savait ce
que son absence me coûte de larmes....

M. B R Y N E.

Il ne faut pas vous désoler, mon enfant, lord Mortimer ne peut tarder.

A M A N D A.

A son départ il fut si tendre, il m'assurait qu'aucun
obstacle ne pourrait plus nous séparer ; j'aimais à me
flatter du succès de ses efforts ; mais mon esprit a cédé
trop vîte à l'illusion du bonheur. Vain espoir ! je ne dois
plus y songer.

S C È N E   I I.

Les précédens , T O M.

T O M *tenant une lettre à la main.*

Cette lettre s'adresse à miss Amanda Fitzalan ;
c'est de la part de mistriss Rusbrook.

A M A N D A *lit.*

Bristol le 4 avril.

« J'apprends à l'instant, ma chère petite, l'infortune
» où vous êtes plongée depuis la mort du capitaine votre
» père. J'aurais besoin d'une personne de confiance pour
» être à la tête de ma maison. Vos gages seront de vingt
» guinées, et l'on aura pour vous des égards. Je ne doute
» pas que vous ne vous empressiez d'accepter une offre

» qui va vous tirer de la misère. Répondez - moi de
» suite , ma chère petite.

Veuve RUSBROOK.

M. BRYNE.

L'impertinente créature !

T O M.

Madame attend la réponse.

M. BRYNE.

Je vais répondre , moi !

A M A N D A.

Ma chère amie , de grace , calmez - vous.

M. BRYNE.

C'est qu'il est affreux qu'on porte si loin l'envie de
vous humilier.

A M A N D A *à Tom.*

Veuillez bien dire à votre maîtresse que je la remercie , mais que je ne puis accepter l'offre qu'elle me
fait.

(T O M *sort*)

S C È N E III.

AMANDA, MISTRISS BRYNE.

M. BRYNE.

Vous êtes le vrai modèle de la modération , mon
Amanda, et la calomnie a pu vous atteindre ! *(à part.)*
Grand Dieu ! protège ta noble image contre les tenta-
tives de ses persécuteurs.

(*Lord Mortimer paraît).*

Divine providence , tu m'as exaucée ! tu nous en-
voyes notre unique soutien , je te rends graces.

S C È N E   I V.

AMANDA , MORTIMER , MISTRISS BRYNE.

(M. Bryne fait signe à Mortimer de s'avancer douce-
ment , afin de ne pas surprendre trop vivement
Amanda qui est absorbée par la douleur; elle avertit
Amanda avec précaution).

M. B R Y N E.

MA fille , voici lord Mortimer.

A M A N D A.

Mortimer !

M O R T I M E R.

Chère Amanda, que je suis coupable! j'ai pu soupçonner votre innocence ; c'est à vos genoux que je viens
demander mon pardon.

A M A N D A.

Relevez-vous , Mortimer, je vous revois, vous n'avez
plus de tort à mes yeux ; d'ailleurs vous avez été trompé
par de si fortes apparences , votre erreur fut bien na-
turelle.

M O R T I M E R.

Non , non , mon Amanda , je connaissais votre admi-
rable vertu , je devais me défier , même de ce que je
voyais ; mais l'amour est si prompt à s'alarmer! Au
reste, ne parlons plus, femme adorable, que de votre
glorieux triomphe, tous vos persécuteurs sont confon-
dus. La marquise de Rosline et sa fille ne savent où
cacher leur honte : votre innocence , enfin , brille d'un

nouvel éclat. Lorsque je partis d'ici pour Londres, je pris la ferme résolution de ne rien épargner pour obtenir des agens subalternes du complot tramé contre vous, une confession exacte de la part qu'ils y avaient prise. Quel bonheur pour Mortimer, de couvrir de confusion ceux qui ont tout tenté pour vous perdre à ses yeux. Le jour même de mon arrivée, j'allai chez la marquise de Rosline, elle était au bal avec sa fille; je profitai de leur absence pour interroger séparément les deux femmes de chambre ; je commençai par mistriss Janes; elle tressaillit d'abord à ma vue, puis pâlit, rougit, et ne put soutenir un instant mes regards, tant le vice est lâche, quand il se voit démasqué. Je pressai cette méchante femme de confesser franchement sa faute, et je lui promis une bonne récompense; alors la malheureuse créature m'avoua, les larmes aux yeux, qu'à l'instigation de la Marquise, elle et miss Berton avaient introduit chez vous le colonel Belgrave, que tout était combiné de manière que je vous surprisse avec lui. L'événement n'a que trop bien servi leur infâme complot. Enfin, je forçai mistriss Janes à signer la déclaration qu'elle venait de me faire. Miss Berton, moyennant la promesse d'une pareille récompense, me fit le même rapport et le signa sans aucune difficulté.

M. B R Y N E.

Voilà bien une justice de la providence, elle permet que les calomniateurs se dévoilent les uns les autres.

M O R T I M E R.

O ma chère Amanda, je ne puis vous peindre assez vivement toute la joie que je ressentis, quand je me trouvai possesseur de témoignages aussi authentiques. O félicité suprême ! je tenais entre mes mains de quoi démontrer votre innocence à l'univers entier. J'allai promptement trouver ma tante lady Dormer, cette excellente femme fut enchantée, quand elle apprit que j'avais écarté tous les obstacles qui s'opposaient à mon bonheur. Elle me déclara qu'elle vous regardait désormais comme sa propre fille, et qu'elle vous assurait, à ce titre, toute sa fortune.

AMANDA.

Vous ne me parlez pas, Mortimer, de lord Cherbury, vous savez que son consentement est indispensable.

MORTIMER.

D'abord, mon père me dit qu'il avait depuis long-tems projeté mon union avec la fille de la marquise de Rosline, mais quand je l'ai instruit des intentions généreuses de lady Dormer, il a paru tout-à-coup pensif; puis prenant bientôt après un air riant et satisfait, mon fils, m'a-t'il dit, assurez miss Amanda, que pour réparer, autant qu'il est en moi, l'injustice dont son père a été la victime, je donne mon consentement à votre hymen.

AMANDA.

Généreux Mortimer! quelle doit être pour vous ma tendresse! Vous avez réhabilité la mémoire de mon père, vous avez vengé mon honneur outragé, comment pourrai-je jamais, ô mon ami, vous témoigner toute ma reconnaissance!

MORTIMER.

Divine Amanda! en sauvant votre honneur, ne travaillais-je pas à ma propre félicité? Rien, désormais, ne pourra la troubler. Nous sommes à la fin de nos cruelles épreuves, et nous n'allons plus avoir qu'un même nom, un même intérêt, une même destinée. Fixez donc, Amanda, le moment qui me rendra si heureux, et songez, ma douce amie, que chaque minute perdue est un larcin fait à ma tendresse.

A M A N D A.

Oserai-je vous demander encore une grace, Morti-mer ?

M O R T I M E R.

Une grace! ordonnez.

A M A N D A.

Souffrez que j'achève le deuil de mon père.

M O R T I M E R.

Encore un mois de retard, pensez donc, mon amie, que pendant un mois il peut arriver bien des contre-tems; apprenez que le régiment de lord Belgrave est en garnison dans cette ville.

A M A N D A.

Eh que pouvez-vous craindre?

M O R T I M E R.

Tout, de ce séducteur abominable.

A M A N D A , *avec douleur.*

Mortimer!

M O R T I M E R , *vivement.*

Pardon, millé fois pardon, mon Amanda, mais vous perdre serait pour moi un coup plus affreux que la mort.

A M A N D A.

(*à part*). Cet homme sera-t'il donc toujours la cause de mes tourmens et de mes malheurs !

M O R T I M E R.

Votre demande, Amanda, me prouve toute la déli-catesse, toute la pureté de votre ame. Je ferai cepen-dant une légère condition, c'est que, pour éviter tout

fâcheux

fâcheux événement, nous partions aujourd'hui même
pour la terre où réside lady Dormer. Elle sera sans
doute enchantée de vous recevoir, et que notre mariage
soit célébré dans son château, consentez-vous, Amanda?.....

A M A N D A.

Puis-je actuellement vous rien refuser,

M O R T I M E R.

Deux heures vous seront-elles suffisantes pour faire
vos préparatifs ?

A M A N D A.

Oui, dans deux heures vous pourrez revenir.

M O R T I M E R.

Mistriss Bryne voudra bien nous accompagner.

M. B R Y N E.

Je m'en ferai honneur et plaisir.

MORTIMER *baisant tendrement la main d'Amanda.*
(*à part en s'en allant*). Enfin elle est à moi.

S C È N E V.

AMANDA, MISTRISS BRYNE.

M. B R Y N E.

Après bien des tourmens, ma chère Amanda, vous
allez donc posséder le mortel le plus aimable et le plus
généreux.

A M A N D A.

Oh! mon amie, j'ai peine à croire à mon bonheur, il
est si grand que je crains que ce ne soit qu'un beau
rêve; mais non, Mortimer est venu, j'ai vu mon consolateur, mon unique soutien, et bientôt mon époux.

B

M.   B R Y N E.

Songeons, Amanda, que dans deux heures il doit être
de retour ici, nous n'avons pas un moment à perdre,
allons ; mais j'entends je crois du bruit ; positivement,
que nous veut cet étranger ?

S C È N E   V I.

AMANDA , MISTRISS BRYNE, L'INCONNU.

*(L'Inconnu est couvert d'un grand manteau et d'un
vaste chapeau).*

L'I N C O N N U   *s'avançant vers Amanda.*

J E desirerais parler en particulier à miss Amanda
Fitzalan.

A M A N D A , *à M. Bryne.*

Cette voix ne m'est pas inconnue.

M.   B R Y N E.

Ne serait-ce pas par hasard le colonel Belgrave qui
tenterait sous ce déguisement ?....

A M A N D A.

Non, lord Belgrave est beaucoup plus grand.

L'I N C O N N U.

Ne craignez rien, Miss, il s'agit d'une affaire impor-
tante que je ne puis confier qu'à vous seule.

M.   B R Y N E *paraissant inquiète.*

Je me retire, et vais préparer nos malles.

(Elle sort).

S C È N E V I I.

AMANDA, LORD CHERBURY.

A M A N D A.

Puis-je savoir à qui j'ai l'honneur de parler.

CHERBURY *se découvrant.*

A lord Cherbury.

A M A N D A.

(*à part*). Quel trouble je sens ! Ce déguisement, ce regard triste et abattu, malheureuse Amanda ! Quelque nouveau coup se prépare.

C H E R B U R Y.

(*à part*). Par où commencer un récit qui va porter la mort dans son ame. Ce que j'ai à vous dire, Amanda, va vous causer bien du chagrin..... j'hésite à vous apprendre ....

A M A N D A.

Dites, dites toujours, Milord, je suis accoutumée au malheur.

C H E R B U R Y.

De vous seule, chère Miss, dépend mon bonheur et ma vie elle-même.

A M A N D A.

Parlez, Milord, je suis résignée à tout sacrifier pour le père de Mortimer.

C H E R B U R Y.

Et le secret le plus inviolable doit à jamais couvrir la malheureuse histoire que je vais vous raconter.

A M A N D A.

Vous serez obéi, Milord. (*à part.*) Grand Dieu ! donne-moi le courage de tout entendre et de tout supporter !

C H E R B U R Y.

Je vais, Amanda, vous ouvrir mon ame, mon honneur est tout entier entre vos mains, mais pour le conserver, il faut que je détruise votre propre félicité, que je porte dans votre sein la plus cruelle des peines. Je ne puis échapper à l'opprobre qu'en causant votre infortune et celle d'un fils que j'aime et que j'estime, qu'en rompant votre union. Vous pâlissez !

A M A N D A.

Continuez, Milord.

C H E R B U R Y.

L'infâme passion du jeu est la cause de ma ruine entière. Tout le monde, jusqu'à mes plus intimes amis, ignore la terrible position où je suis réduit. J'ai sacrifié à cette malheureuse faiblesse des biens immenses, et pour combler mon deshonneur, j'ai hasardé et perdu une fortune considérable qui m'a été confiée. Il y a environ cinq ans qu'un de mes intimes amis, milord Belgrave, mourut, et me constitua tuteur de son fils auquel j'achetai un régiment. Je fus d'autant plus charmé de cette tutelle, qu'elle mettait à ma disposition 50,000 liv. sterlings. Dès ce tems-là même ma fortune était presqu'entièrement absorbée. Le mauvais succès, loin de me décourager, irrita ma funeste passion, et pour réparer mes pertes, je confiai aux caprices du sort la fortune de mon pupille. Mon malheur fut extrême, je perdis tout, absolument tout, jugez de mon désespoir ; chère Amanda ! depuis ce fatal moment, je n'existe plus, les remords me rongent ; il me semble que j'en-

tends la voix de mon ami qui me reproche ma cruelle
frénésie, enfin la vie m'est devenue à tel point odieuse.....

A M A N D A.

Quelle affreuse pensée ! mais si votre fils était instruit de votre position, Milord, sans doute il s'empres-
serait.....

C H E R B U R Y.

De venir à mon secours, je le sais. Lord Mortimer
possède l'immense fortune de sa mère, il est l'homme
du monde le plus généreux que je connaisse, et sans
doute il n'hésiterait pas à tout sacrifier pour son père ;
mais paraître à ses yeux avec un caractère vil, le voir
rougir de mes coupables erreurs, ne pouvoir soutenir
ses regards ; ces idées sont horribles, insoutenables, et
je souffrirais plutôt mille fois la mort. Pour réparer mon
deshonneur, j'avais tâché d'entretenir une bonne intelligence avec la marquise de Rosline ; mais l'amour de
mon fils pour vous, Amanda, l'a toujours détournée de
l'alliance avantageuse que j'ambitionnais. Le tems, loin
d'affaiblir sa passion, n'a fait que l'augmenter ; il a mis
tout en œuvre pour vous posséder, il a su gagner l'affec-
tion de sa tante qui doit vous offrir toute sa fortune, et
à la faveur de cette donation, il est venu m'arracher un
consentement que j'ai feint de lui donner, afin qu'il ne
pût se douter de mes desseins. Je l'ai chargé d'une lettre
pour lady Dormer, espérant par-là le devancer auprès
de vous, et je suis parti sur-le-champ de Londres, bien
déterminé à me jetter à vos pieds, à implorer votre com-
misération, à mettre enfin mon sort entre vos mains.
J'ai pensé qu'une femme aussi parfaite que miss Fitzalan aurait pitié d'un de ses semblables tombé dans la
plus grande détresse. Le projet de votre mariage est
encore un secret pour le public, et par conséquent la
bonne intelligence règne toujours entre les deux fa-

milles. Je suis certain qu'à la première visite que je ferai à la Marquise, j'obtiendrai sa fille en mariage. La dot de lady Euphrasia est de 60,000 liv. sterlings comptant; mon fils n'hésitera pas à me confier cette somme pour une opération financière que je lui prétexterai, et j'acquitterai ainsi ma dette envers Belgrave dont la minorité vient d'expirer et auquel je suis forcé de rendre compte. Chère Amanda! si vous n'êtes pas la femme la plus généreuse, Mortimer, aujourd'hui même, n'a plus de père ; vous vous attendrissez, dites-moi, votre réponse est-elle favorable ? Je l'attends à vos genoux.

A M A N D A

Vivez, Milord, vivez, et qu'Amanda seule soit malheureuse !

C H E R B U R Y embrassant les genoux d'Amanda.

Ange de miséricorde ! Ai-je bien entendu ! Vous consentiriez à me faire un si grand sacrifice, que le ciel vous comble de ses bénédictions ! Mais comment dois-je agir, Milord? Votre fils est ici, il m'a déjà communiqué ses desseins , et bientôt il va revenir, que dois-je faire ?

C H E R B U R Y.

Il n'est qu'un moyen, bien cruel à la vérité, mais c'est le seul que vous puissiez prendre. Il faut vous éloigner d'ici, secrettement; je vous donnerai un asile, et j'aurai soin de vous y procurer une honnête indépendance.

A M A N D A.

Ne me parlez pas de bienfaits, Milord, je ne dois ni ne puis les accepter. Votre fils ne doit pas tarder , il faut qu'il ne me trouve plus dans ces lieux ; par pitié, laissez-moi à ma douleur.

CHERBURY.

Adieu, ange du ciel, ange consolateur, le ciel récompensera sans doute, un jour, l'héroïsme de votre vertu.

Il sort.

SCÈNE VIII.

AMANDA *seule.*

POURRAI-JE jamais supporter cet affreux sacrifice? N'est-il donc aucun moyen de l'éviter? Faut-il que je renonce au bonheur, que je sois la victime de la funeste passion de lord Cherbury? Malheureuse! tu hésites, tu ne songes donc pas que la vie du lord Cherbury dépend de toi seule, que, sans toi, Mortimer n'a plus de père. Oui, j'écouterai la voix de la raison, je fuirai pour toujours cet amant si parfait. Cher Mortimer! vous êtes donc perdu pour la malheureuse Amanda!

(*Elle reste plongée dans la rêverie*).

SCÈNE IX.

AMANDA, MISTRISS BRYNE.

M. BRYNE *accourant.*

TOUS nos préparatifs sont finis; mais que vois-je, Amanda? Vous paraissez consternée, qu'avez-vous donc? Vous êtes d'une faiblesse; mais vous n'êtes pas en état de partir aujourd'hui, mon enfant.

AMANDA.

Il faut absolument que je parte.

M. BRYNE.

Ce serait fort imprudent, et lord Mortimer ne le souf-
frira pas.

AMANDA.

Que parlez-vous de Mortimer, je ne le verrai plus.

M. BRYNE.

(*à part*). Sa tête est-elle égarée?

AMANDA.

Je suis bien malheureuse, ma bonne!

M. BRYNE.

Expliquez-vous.

AMANDA.

Mortimer et moi, nous ne serons jamais unis.

M. BRYNE.

D'où vient cette subite résolution? Quel est cet étranger qui sort d'ici? et que vous a-t-il dit?

AMANDA.

C'est un secret que je ne puis révéler.

M. BRYNE.

Pas même à votre meilleure amie?

AMANDA.

Non, ma bonne amie, vous allez peut-être me con-
damner; les apparences sont contre moi; mais je suis
tout-à-fait innocente, dites-moi que vous le croyez.

M. BRYNE.

Oui, ma fille, je le crois, je connais la pureté de votre
ame, mais j'avoue que votre conduite me paraît fort
étrange.

étrange. Réfléchissez bien, avant de prendre un parti qui va de nouveau jetter lord Mortimer dans le désespoir.

A M A N D A.

Ma conscience ne me reproche absolument rien.

M. B R Y N E.

Et quel est votre dessein ?

A M A N D A.

De m'éloigner à l'instant de Mortimer. Encore, si je pouvais savoir le lieu qu'habite mon frère. Pauvre Oscar! il est peut-être aussi malheureux que sa sœur. Oh! mon amie, c'est à vous seule que j'ai recours dans mon infortune; enseignez - moi un asile où je puisse aller cacher mes pleurs.

M. B R Y N E.

L'embarras est d'en trouver un sur-le-champ, et pour le moment, je ne connais personne.....

A M A N D A.

Eh bien, j'irai me présenter à mistriss Rusbrook.

M. B R Y N E.

Y songez-vous donc, Amanda, après avoir refusé ce matin. D'ailleurs, combien n'aurez-vous pas à souffrir du caractère impérieux de mistriss Rusbrook, et de l'inconséquente Emilie, sa fille.

A M A N D A.

Que voulez-vous ? ma pénible situation me force.....

M. B R Y N E.

Vous êtes décidée?

A M A N D A.

Sans doute, c'est le seul asile qui me reste.

C

AMANDA,

M. BRYNE.

Allons, ma fille, je vais vous y conduire.

AMANDA.

Mais avant, je dois me justifier aux yeux de Mortimer ; je vais lui écrire.

(*Elle se met à une table*).

M. BRYNE.

Vit - on jamais une destinée plus horrible ! qu'a-t-elle donc fait au ciel cette pauvre orpheline, pour être ainsi tourmentée ?

(*On entend le bruit d'une voiture*).

AMANDA *fort troublée.*

Un carrosse ! c'est Mortimer ! partons vîte , ma bonne , je n'en puis plus.

M. BRYNE *l'emmenant.*

L'escalier dérobé nous conduira au jardin , et nous arriverons plutôt chez mistriss Rusbrook.

(*Elles sortent*).

SCÈNE X.

MORTIMER *accourant avec joie.*

Personne ! Elles sont sans doute encore occupées à faire leurs préparatifs. Que je suis impatient ! Entrons. Personne encore ! Asseyons-nous et attendons.

(*Il va s'asseoir près de la table où Amanda a laissé sa lettre*).

Une lettre ! l'écriture d'Amanda ! à lord Mortimer.

Que peut-elle m'écrire! Je ne sais pourquoi je frissonne.
Il lit.

« Une destinée que ni vous ni moi ne pouvons maî-
» triser s'oppose à notre union. Je n'ai même plus l'es-
» poir que nous nous rapprochions jamais. Je vais vous
» paraître bien coupable (oui sans doute) mais, Milord,
» mon cœur ne me reproche rien. Oubliez une malheu-
» reuse qui . . . . »

Pourquoi cette lettre n'est-elle pas achevée ? ah, je
n'en puis douter, la perfide aura fui, à mon approche,
avec l'infâme Belgrave ! elle n'avait l'air de le mépriser
que pour me tromper plus sûrement ; mais je suis vos
traces, femme artificieuse, votre abominable séducteur
n'échappera pas à ma juste vengeance.

Il sort.

FIN du premier Acte.

ACTE II.

Le théâtre représente un salon fort élégamment meublé.

SCÈNE PREMIÈRE.

MISTRISS RUSBROOK, EMILIE.

M. RUSBROOK.

JE ne vais pas tarder à revenir, ma fille. Pendant mon absence, occupez-vous de vôtre musique, j'ai fait accorder votre piano. Songez, Emilie, que, lorsqu'on a peu de fortune, on doit y suppléer par des talens aimables. Je vous recommande aussi plus de dignité dans les manières, et plus de réserve dans vos discours. Vous êtes, Emilie, d'une légèreté, d'une inconséquence ; a-t-on jamais vu rire et badiner comme vous faites. En vérité, ma fille, vous vous jettez à la tête de lord Nelson.

EMILIE.

Je croyais qu'avec un Lord....

M. RUSBROOK.

Il fallait un air piquant. Vous vous êtes trompée, ma fille. Les hommes de grande naissance ne se laissent vraiment séduire que par un extérieur noble et modeste. Encouragez donc son amour, mais adroitement ; et surtout faites lui bien sentir que l'hymen seul....

EMILIE.

Lord Nelson peut-il avoir d'autres vues. Je suis sûre de la pureté de ses intentions, il est si honnête.

M.   R U S B R O O K.

Si honnête ! Vous allez peut-être m'apprendre à connaître et à juger les hommes. Fiez - vous à mon expérience. Je vous le répète, Emilie, tout dépend de la manière dont vous agirez avec lord Nelson. Voici Amanda
qui revient de conduire mistriss Bryne, je vous laisse
avec elle. J'espère, ma fille, que vous n'irez pas vous
compromettre avec cette orpheline. Je savais bien que
toute cette grande fierté serait forcée de céder au besoin ; aussi ce n'est que par pitié..... Allons, je sors,
songez bien, Emilie, à tout ce que je viens de vous
dire.   *(Elle sort)*.

S C È N E I I.

A M A N D A , E M I L I E.

E M I L I E.

Vous paraissez accablée, miss Fitzalan ; ma mère
vous a traitée avec bien de la rigueur. Vous devez la
trouver un peu impérieuse ?

A M A N D A.

Miss, ce n'est pas à moi à la juger ; d'ailleurs, j'espère, par mon zèle à la servir, m'attirer sa confiance,
et peut-être son attachement.

E M I L I E.

Quant à moi, j'avoue que votre premier abord m'a
singulièrement prévenue en votre faveur ; votre phisio-
nomie douce et modeste, vos graces nobles et tou-
chantes, et bien plus encore l'injustice de la fortune,
tout m'inspire pour vous le plus vif intérêt.

AMANDA.

C'est trop de bonté.

EMILIE.

Non, chère Miss, c'est pure sympathie. Tenez, il y a fort peu de tems que nous nous connaissons, mais je suis persuadée que nous nous ressemblons beaucoup, nos goûts, nos penchans sont les mêmes, et je sens que j'aurai dans miss Fitzalan une véritable amie, une compagne digne de toute ma confiance.

AMANDA.

Attendez, au moins, Miss, que vous me connaissiez mieux. La confiance ne s'établit point en si peu de tems.

EMILIE.

Je n'ai pas besoin de si longues épreuves, je ne pourrai jamais mieux déposer mes secrets; mais c'est peut-être vous qui craignez de me confier les vôtres. Au reste, il est bien facile de deviner quelles peuvent être les peines d'une personne de notre âge; outre les revers de fortune que vous avez essuyés, vos yeux semblent annoncer les souffrances de votre cœur. Vous soupirez, eh bien je parirais que vous avez été trahie.

AMANDA.

Miss.....

EMILIE.

Les hommes sont si faux, à ce qu'on dit; car, pour moi, je n'ai pas encore lieu de m'en plaindre. Mon amant est le plus aimable et le plus sincère des hommes; mais, de grace, instruisez-moi, quel est le monstre capable de vous avoir abandonnée. Je le hais déjà, comme s'il m'eût sacrifiée moi-même.

AMANDA.

Permettez-moi de garder le silence.

E M I L I E.

Dites-moi, seulement, ma chère, si votre amant vous
a abandonnée, oui ou non ?

A M A N D A.

Non.

E M I L I E.

M'y voici. Son père est, sans doute, fort riche et
avare. Il s'oppose à votre union, n'ai-je pas deviné ?
Vous vous troublez ? Eh bien, soyez confiante, contez-
moi toutes vos peines.

A M A N D A.

(à part.) Combien elle me fait souffrir avec ses
questions indiscrettes. *Haut.* Si vous voulez m'obliger,
Miss, nous finirons ce genre d'entretien.

E M I L I E.

Si j'avais pu prévoir qu'il vous fît la moindre peine....

A M A N D A.

Vous êtes trop bonne.

E M I L I E

Allons, ne parlons plus de vos secrets, je dois les
respecter. Dans quelque tems, j'ose espérer que vous
serez moins discrète avec moi. Pour vous prouver ma
confiance, je vous dirai que je vais me marier avec un
Lord charmant ; douceur, complaisance, générosité,
esprit vif et sémillant, il réunit toutes les qualités qui
distinguent l'homme de bon ton. Sa fortune est immense
et nous n'attendons plus que la reddition des comptes
de son tuteur pour faire célébrer notre mariage.

A M A N D A.

(à part.) Dieu ! quel pressentiment ! si c'était....
Haut. Pourrais-je savoir, Miss, le nom de ce Lord ?
Excusez mon indiscrétion.

E M I L I E.

Lord Nelson.

A M A N D A.

(*à part.*) Me voilà tranquille.

E M I L I E.

Le connaîtriez-vous par hasard?

A M A N D A.

Non, jamais, je n'ai entendu parler de ce Lord.

E M I L I E.

Je suis sûre que vous le trouverez à votre goût ; depuis trois semaines je serais mariée à un fort riche négociant de cette ville ; mais la surveille de la signature du contrat, lord Nelson fut amené ici par un officier de notre connaissance. Il n'a pas tardé à me parler d'amour ; son humeur vive et enjouée, et je ne sais quoi d'agréable et de noble dans les manières, tout, dans sa personne, m'a séduite, et j'ai refusé sans peine le parti qui m'était proposé ; depuis ce tems, chaque jour, lord Nelson a su gagner dans mon cœur. Vous sentez bien, Miss, qu'une si grande alliance doit donner quelque vanité à mistriss Rusbrook. Devenir la belle-mère d'un Lord aussi riche, aussi brillant! Mais ne vous mettez pas en peine, aussitôt mon mariage conclu, vous viendrez avec moi, et je vous regarderai toujours comme ma compagne et mon amie.

A M A N D A.

Vous me rendez confuse. *(à part).* Son cœur est si généreux, qu'on oublie volontiers ses indiscrétions.

E M I L I E.

Lord Nelson ne doit pas tarder, je ne me sens pas d'aise quand je songe que, dans peu de tems, je posséderai

derai l'homme de cour le plus aimable et le plus for-
tuné. Mais concevez-vous bien toute l'étendue de mon
bonheur, ma chère.

A M A N D A.

(*à part.*) Et moi, malheureuse fugitive, je n'ai même
plus l'espoir de rencontrer jamais le plus parfait de tous
les mortels !

E M I L I E.

Mais qu'avez-vous ? vous semblez abattue ?

A M A N D A.

Ce n'est rien, Miss.

E M I L I E.

Pardonnez-moi, je vois couler des larmes.... mais
j'entends du bruit ; oh tenez, chère Miss, je parie que
c'est lord Nelson, mon cœur le devine, oh c'est bien
lui.

S C È N E   I I I.

AMANDA, EMILIE, LORD BELGRAVE,

B E L G R A V E.

(*à part.*) M r s s Fitzalan ! quelle heureuse découverte !

A M A N D A.

(*à part.*) Ciel ! lord Belgrave ! ô funeste rencontre !

B E L G R A V E *s'approchant d'Emilie.*

Enfin, je vous revois, adorable Emilie, *à part.* Comme
Amanda paraît agitée !

D

E M I L I E.

Votre abscence m'a semblé d'une longueur....

B E L G R A V E.

(*à part.*) Non jamais elle ne me parut plus intéressante ! *Haut.* Vous ne pouvez vous imaginer, ma toute belle, tout ce que j'ai souffert loin de vous. Quelle est cette jeune personne ?

E M I L I E.

C'est une orpheline que des revers forcent à prendre condition.

B E L G R A V E.

Que je la plains ! *à part.* Sa mauvaise fortune la rendra plus traitable.

E M I L I E.

Aussi-tôt que notre mariage sera conclu, nous adoucirons le sort de cette infortunée ; n'y consentez-vous pas, Milord ?

B E L G R A V E.

Je reconnais bien là votre excellent cœur. Quelque chose que vous fassiez, ma chère, vous devez être toujours sûre de mon approbation.

E M I L I E.

Vous êtes un homme charmant.

B E L G R A V E.

(*à part.*) La pauvre petite ! parler ainsi pour sa rivale !

E M I L I E.

Vous avez sans doute terminé avec votre tuteur ?

B E L G R A V E.

Ah, mon dieu, non. *à part.* Si je pouvais l'entretenir

un moment. *Haut.* Je ne suis pas plus avancé que lorsque je vous ai quittée ; mon tuteur venait de partir de
Londres , et on ne sait où il a porté ses pas.

E M I L I E.

Voilà donc encore notre hymen différé.

B E L G R A V E.

(*à part.*) Il semble que le malheur, en donnant à sa
figure un air de mélancolie , ait voulu ajouter encore à
ses attraits. Comment faire pour lui parler?

E M I L I E.

Vous avez l'air bien rêveur, Milord.

B E L G R A V E.

Cela n'est pas étonnant ; dans la situation pénible
où je me trouve.

E M I L I E.

Quel est votre dessein ?

B E L G R A V E.

Eh! puis-je en avoir un autre que de tout tenter pour
posséder l'objet charmant auquel mon cœur aspire. Je
cherche un moyen ... Quel éclair!

E M I L I E.

Eh bien?

B E L G R A V E.

C'est cela.

E M I L I E.

Qu'avez-vous résolu?

B E L G R A V E.

Vous le saurez bientôt, chère Emilie.

Il sort ; Emilie le reconduit.

SCÈNE IV.

AMANDA *seule.*

D'où vient son changement de nom ? Ah ! je n'en puis douter, le séducteur cherche une nouvelle victime. Découvrirai-je à l'infortunée le complot dont je soupçonne la trame. Eh, pourquoi balancerais-je ? ne dois-je pas la retirer du bord de l'abyme où l'infâme est près de la précipiter ? Malheureuse Emilie ! j'hésite à dissiper cette illusion qui fait votre bonheur. Cependant mon devoir m'ordonne de vous ouvrir les yeux sur les perfides desseins de lord Belgrave.

SCÈNE V.

AMANDA, EMILIE.

EMILIE.

Eh bien ; comment trouvez-vous lord Nelson ? N'est-il pas vrai qu'il est fort aimable ? Vous ne voyez encore rien. Il est ordinairement fort gai et fort amusant, mais aujourd'hui il est si contrarié. Imaginez-vous qu'il n'a pu rejoindre son tuteur. Voilà notre mariage encore rétardé, n'est-ce pas désolant ?

AMANDA.

(*A part.*) Comment la préparer ?...

EMILIE.

Vous ne répondez pas, vous paraissez bien occupée.

AMANDA.

Je songeais à une jeune personne....

EMILIE.

Ah ! dites-moi, que lui est-il donc arrivé ? Je suis curieuse de l'apprendre.

AMANDA.

(*A part.*) Je crains de blesser sa fierté.

EMILIE.

Dites-moi donc vite , ma chère.

AMANDA.

(*A part.*) Ménageons du moins le plus possible sa délicatesse. *Haut.* Cette jeune personne était si bonne et si généreuse , qu'elle s'était gagné le cœur de tous ceux qui l'approchaient. Elle n'avait qu'un seul défaut, si toutefois c'en est un que d'être très-confiante. Un jeune milord joignant à un extérieur fort agréable des manières nobles et engageantes , parvint à s'introduire dans la maison ; il parla d'amour , d'hymen même à cette intéressante fille ; elle le crut , en effet pouvait-elle soupçonner que sous des apparences aussi aimables on peut cacher souvent le cœur le plus faux et le plus perfide. Enfin , elle allait devenir la victime de ce séducteur , quand une orpheline heureusement placée près d'elle....

EMILIE.

Je vous comprends à merveille', Miss , et je me serais fort bien passé de votre leçon.

A M A N D A.

Je n'ai pas prétendu vous donner une leçon, Miss ; c'est un simple conseil dicté par le vif intérêt que vous m'avez inspiré.

E.M I L.I E.

Je voudrais bien savoir quel peut être votre but, en cherchant à calomnier ainsi les intentions de lord Nelson.

A M A N D A

Eh ! puis-je avoir d'autre but que de vous arracher aux piéges d'un vil corrupteur.

E M I L I E.

Mais encore quelles preuves pourriez-vous m'allé-guer contre lord Nelson ?

A M A N D A.

Lord Nelson est un nom supposé. Le monstre qui cherche à vous séduire est le lord Belgrave, déjà trop renommé par des trahisons infâmes.

E.M I L I E.

Je ne puis croire que lord Nelson soit ce Belgrave que vous me dépeignez si horriblement. Sans doute quelques traits de ressemblance vous auront trompée.

A M A N D A.

Défiez-vous, miss, de votre aveugle prévention pour ce misérable. Redoutez-en les funestes conséquen-ces, je vous en conjure.

E M I L I E.

Mais enfin où, et comment l'avez-vous connu ?

AMANDA.

(*A part.*) Dissimulons ma propre histoire. *Haut.* J'ai eu occasion de rencontrer lord Belgrave dans diverses sociétés de Londres, et c'est-là que j'ai appris les abominables ruses qu'il emploie pour perdre les infortunées qui ont la faiblesse d'ajouter foi à ses insidieuses propositions.

EMILIE.

Ce sont là de méchans propos. Le monde aime tant à calomnier les gens de cour et de bon ton.

AMANDA.

Eh bien, miss, si je vous disais que j'ai beaucoup connu une des jeunes personnes qu'il a tenté de séduire.

EMILIE,

Tant pis pour celles qui se laissent tromper. On sait bien qu'un jeune seigneur commet des fautes, est-ce une raison pour croire qu'il ne sera jamais de bonne foi; il faut finir par aimer véritablement.

AMANDA.

Si vous vouliez, cependant, réfléchir....

EMILIE *piquée.*

Mes réflexions sont toutes faites ; au reste, je vous remercie, miss, de vos bons et sages avis ; mais je n'en suis pas moins persuadée de l'attachement sincère de lord Nelson.

AMANDA.

(*A part.*) Que je plains son aveuglement !

S C È N E V I.

Les précédens, T O M.

T O M.

Miss, votre présence est absolument nécessaire en bas, nous attendons vos ordres.

E M I L I E.

J'y vais, Tom.

(Elle sort).

TOM, *en s'en allant.*

Vingt guinées pour occuper miss Emilie, seulement une demie heure ; voilà de l'argent bien lestement gagné. Oh! vivent les grands seigneurs, pour payer largement.

(Il sort).

S C È N E VII.

AMANDA, LORD BELGRAVE.

Belgrave sort doucement d'un cabinet voisin.

AMANDA *l'appercevant.*

Ciel! quelle affreuse trahison!

B E L G R A V E.

Rassurez-vous, chère Amanda.

*Amanda effrayée court vers la porte, et veut sortir,
Belgrave se met au-devant d'elle et la ramène.*

A M A N D A.

Osez-vous bien, Milord, user de tels stratagêmes !

B E L G R A V E.

Tout est permis à l'amour le plus ardent.

A M A N D A.

Homme vil et sans principes, si vous ne vous reti-
rez, sans délai, j'appelle à mon secours, et....

B E L G R A V E.

Votre résistance et vos cris sont inutiles ; d'ailleurs,
ma chère Amanda, ne craignez de ma part aucune
insulte, j'en suis incapable ; mais je ne vous quitterai point que je vous aye expliqué clairement mes intentions. Mon amour n'a fait que s'accroître par les difficultés que j'ai éprouvées, notre séparation y a mis le
comble, et maintenant qu'un heureux hasard vous rap-
proche de moi, je ne négligerai point de mettre l'occasion à profit et de vous communiquer mes projets.

A M A N D A.

Il y a long-tems que je vous ai dit, Milord, que vos
projets sur moi ne réussiraient pas.

B E L G R A V E.

(*A part.*) Dissimulons. *Haut.* Eh ! pourquoi, femme
trop aimée, mes projets ne réussiraient-ils pas ? Pourquoi vous obstinez-vous à refuser la richesse et le bonheur ? Pourquoi rejetter l'amour ardent et vraiment
sincère d'un homme qui ne s'occuperait que de faire
votre félicité ? Pouvez-vous préférer de rester dans un
état aussi humiliant ? Vous, la fille du capitaine Fitza-

làn, femme-de-chambre chez une simple bourgeoise ?
N'hésitez donc pas, adorable Amanda, à recouvrer l'ai-
sance digne de vous.

A M A N D A.

Eh ! que m'importe l'opulence avec le déshonneur !

B E L G R A V E.

Mes propositions, Amanda, sont aussi pures que
votre cœur. Dites un seul mot, ma main et ma fortune vous sont à jamais destinés.

A M A N D A avec indignation.

Monstre ! as-tu pu croire que je serais aussi la dupe
de ton artifice ? Ta main ! ta fortune ! ce sont là tes ruses
ordinaires pour séduire tant d'infortunées. Faut-il que
je te rappelle, qu'ici même, sous le voile d'une union
sacrée, tu cherches à entraîner dans tes pièges une
créature intéressante et trop crédule ? Tu ne réponds
rien, te voilà confondu.

B E L G R A V E.

(*A part.*) Ne nous déconcertons pas, et frappons le
grand coup. *Haut.* Eh bien, vous saurez la vérité toute
entière, je ne vous cacherai même pas mes fautes ;
mais, de grace, écoutez-moi jusqu'à la fin. Peut-être
reviendrez-vous de votre prévention contre moi. Aussi-
tôt que j'appris votre fuite de Londres, je fis faire des re-
cherches pour découvrir le lieu que vous habitiez ; mais
toutes mes perquisitions, hélas ! ont été infructueuses ;
désespérant alors de pouvoir vous retrouver, convaincu
qu'aucune femme ne pourrait jamais vous remplacer
dans mon cœur, l'amour ne devint plus pour moi qu'un
passe-tems, je n'ai plus fait que l'effleurer. J'en conviens
donc franchement. J'ai employé jusqu'alors tous les

moyens les plus insidieux pour obtenir les faveurs de
votre sexe; mais je n'ai véritablement adoré que vous,
ma chère Amanda, vous seule, m'avez inspiré un sentiment tendre et délicat.

AMANDA *avec plus de calme.*

Cessez, Milord, de me parler de votre passion, je
ne puis y répondre, tous vos efforts seront inutiles, je
n'y répondrai jamais, ne l'espérez pas.

BELGRAVE *avec impétuosité.*

Voulez-vous donc, Amanda, me porter à quelqu'acte
de désespoir. Laissez-vous toucher par les prières et les
larmes de l'amant le plus passionné.

*Il veut lui baiser la main, elle la retire avec force,
se dégage et gagne la porte; mais il se jette au-devant
d'elle et en lui jettant un regard effrayant.*

Ne croyez pas ainsi m'échapper.

Il la ramène

AMANDA *se jettant à ses genoux.*

O Belgrave! si vous avez encore quelque sentiment
d'honneur, s'il vous reste encore quelque humanité,
retirez-vous, de grace, je vous pardonnerai vos criminels desseins.

BELGRAVE.

(*A part.*) Elle s'attendrit, elle est à moi. *Haut et
prenant un ton posé.* Je vous afflige, Amanda, mais
mon ame souffre aussi bien cruellement du mal que je
vous cause. Ecoutez-moi avec calme, je vous en conjure. Egarée par une injuste prévention, vous détestez,
vous fuyez le seul homme qui veuille et puisse faire
votre bonheur. Je n'ignore pas que lord Mortimer vous

a fait une cour fort assidue ; je sais même, à n'en pas douter, que vous avez eu pour lui une prédilection marquée ; mais à quoi tout cet amour vous a-t-il servi ? ne l'espérez pas, lord Cherbury ne consentira jamais à votre union avec son fils. Il est trop orgueilleux et trop fier de son rang pour consentir à vous y laisser jamais monter. D'ailleurs son ambition machine depuis long-tems une union avec la famille Rosline. Ah ! ma chère Amanda, ne croyez pas que toute votre beauté, vos graces et vos vertus puissent faire oublier à la plupart des hommes, les avantages attachés à l'opulence. Lord Mortimer est aussi ambitieux que son père....

A M A N D A.

Vous oubliez, Milord, que lord Mortimer ne peut se défendre, tout le monde sait rendre plus de justice à sa générosité.

B E L G R A V E.

Qu'importe d'ailleurs son caractère ! Son père a assez d'empire sur lui pour le forcer d'épouser lady Euphrasia Rosline ; ainsi donc, chère Amanda, ne vous refusez pas à faire le bonheur d'un amant qui vous supplie à genoux de vouloir bien accepter sa fortune et sa main.

Il se jette à ses genoux.

A M A N D A.

Relevez-vous, Milord, de grace, relevez-vous.

B E L G R A V E.

Non, je ne quitterai pas vos genoux que vous n'ayiez consenti à ma félicité.

Il lui baise la main avec transport.

SCÈNE VIII.

AMANDA, BELGRAVE, MISTRISS RUSBROOK, EMILIE, TOM.

M. RUSBROOK.

QUE vois-je! Lord Nelson aux genoux d'Amanda?

AMANDA.

Grand dieu! je suis perdue!

M. RUSBROOK.

Comment petite innocente, vous avez la hardiesse?..;

AMANDA.

De grace, écoutez-moi.

M. RUSBROOK.

Je le sais, le mensonge ne coûte rien aux effrontées de votre espèce.

BELGRAVE.

Je vous prie, Mistriss, de ménager vos expressions.

M. RUSBROOK.

Et de quel droit, Milord, venez-vous me dicter des loix dans ma maison; je vous prie d'en sortir sur le champ ainsi que cette malheureuse.

AMANDA.

J'embrasse vos genoux, daignez m'entendre.

M. RUSBROOK.

Tout ce que vous pourrez dire ne servira à rien. Je
sais de vos nouvelles : ma fille m'a tout conté : ce n'était
donc pas sans des motifs bien combinés que vous avez
mis tout en usage, pour détourner ma fille de lord
Nelson. On devine assez, petite intrigante, quelles sont
vos vues.

AMANDA.

O ciel! quel odieux soupçon!

M. RUSBROOK.

Et vous n'avez pas eu de honte de jouer un rôle aussi
méprisable.

AMANDA.

Je n'en puis plus! Je sucombe à tant de peines.

Elle tombe évanouie, Tom la soutient.

EMILIE.

Ma mère, ayez pitié de son état.

M. RUSBROOK.

Je ne suis pas dupe de ces affectations de sensibilité.
J'espère, Milord, que vous allez me délivrer sur-le-
champ de cette créature.

BELGRAVE.

Vous allez être promptement satisfaite, Mistriss.

M. RUSBROOK *à Tom.*

Et toi, misérable, ne remets plus les pieds chez moi.

BELGRAVE *à Tom.*

Je te prends à mon service. *A part à Tom.* Transpor-
tons-la vîte chez mon hôte.

Tom et Belgrave emportent Amanda.

SCÈNE IX.

MISTRISS RUSBROOK, EMILIE.

M. RUSBROOK.

Eh bien, avais-je tort, ma fille, de vous recommander plus de réserve avec ce Milord? Vous voyez comme il vous a joué. Je vous ai cependant bien avertie; vous voilà bien avancée actuellement d'avoir refusé cet excellent parti. Vous seriez la femme d'un riche négociant; mais ce n'était point assez pour votre petite vanité, il vous fallait un Milord.

EMILIE.

Ma mère, ne m'accablez pas, ne suis-je pas assez malheureuse?

M. RUSBROOK.

C'est bien par votre faute. Il fallait vous en fier à mon expérience, ma fille; mais qui vient? j'entends du bruit.

SCÈNE X.

MISTRISS RUSBROOK, EMILIE, MISTRISS BRYNE, OSCAR.

OSCAR.

Ne pourrais-je pas, Mistriss, entretenir un moment miss Fitzalan?

M. RUSBROOK.

Miss Fitzalan! elle n'est plus ici, je viens de la chasser.

OSCAR.

Ma sœur chassée!

M. BRYNE.

Est-il possible! et que peut-elle avoir fait!

M. RUSBROOK.

Ce qu'elle a fait! Cette petite créature n'a-t-elle pas eu l'orgueil de vouloir rivaliser avec ma fille; l'effrontée cherchait à s'en faire conter par un Milord.

OSCAR.

Je vous prie de croire, Mistriss, que miss Fitzalan est incapable d'une telle bassesse.

M. RUSBROOK.

J'ai surpris lord Nelson à ses genoux.

M. BRYNE.

Je jurerais que ce lord Nelson n'est autre que lord Belgrave.

EMILIE.

C'est justement sous ce nom que miss Fitzalan me l'a démasqué, ma mère.

M. BRYNE.

Tout est expliqué. Vous saurez, Mistriss, que mon intéressante orpheline n'a déjà que trop souffert de la scélératesse de ce lord Belgrave.

OSCAR.

Pauvre Amanda! au moment où je viens lui rendre

le bonheur! De grace, Mistriss, dites-nous ce quelle
est devenue.

M. RUSBROOK.

Je l'ignore. Le misérable Belgrave a profité d'un
moment d'évanouissement pour l'enlever de chez moi.
Voilà tous les renseignemens que je puis vous donner.

OSCAR *à M, Bryne.*

Allons promptement, Mistriss, à la recherche de la
demeure du perfide Belgrave. Je ne prendrai aucun
repos que je n'aye délivré ma pauvre Amanda, des
mains de son méprisable ravisseur. *A mistriss Rusbrook.*
Je vous supplie en grace, Mistriss, de ne pas ébruiter
ce malheureux événement.

M. RUSBROOK.

Je suis satisfaite de vos éclaircissemens, comptez sur
ma disposition.

Tous sortent.

FIN du second Acte.

F

A C T E   I I I.

Le théâtre représente un hôtel garni.

S C È N E   P R E M I È R E.

AMANDA , BELGRAVE , RANDOM , TOM,

Belgrave et Tom portent Amanda.

B E L G R A V E.

Doucement , Tom , doucement , prenons bien garde de troubler son sommeil ; il sert à merveille les projets que j'ai conçus.

Ils posent doucement Amanda sur un canapé.

R A N D O M.

Est-ce là , Milord , cette jeune personne dont vous m'avez tant parlé.

B E L G R A V E.

Non.

R A N D O M.

Encore une autre ?

B E L G R A V E.

Oui , et bien plus intéressante. Il y a près d'un an que j'en raffole. Je l'avais perdue de vue , mais par un de ces hasards.... Vous saurez tout, je n'ai pas un moment à prerde ; si elle allait s'éveiller, tout serait manqué....

RANDOM.

Craignez-vous donc, Milord, qu'elle puisse vous échapper dans ma maison. Dites-moi, quel est votre dessein ? Je puis vous être utile ; disposez de moi.

BELGRAVE.

Il faut, mon ami, profiter de son assoupissement pour la faire transporter bien vite à mon petit château. Je vais en conséquence donner mes ordres pour notre départ. Suis-moi, Tom ; vous, mon cher Random, veillez bien sur ce dépôt précieux ; je saurai reconnaitre généreusement votre bon service. La nuit approche, je ne tarderai pas à revenir.

Belgrave et Tom sortent.

SCÈNE II.

AMANDA, RANDOM.

RANDOM.

Et vous avez pensé, Milord, que j'aurais la bassesse de me prêter à vos criminels desseins. Non, ma conscience aurait trop à rougir. Gardez, gardez vos récompenses, je ne les acheterai pas au prix d'une pareille infamie. N'ai-je pas déjà beaucoup souffert de paraître votre complice ; mais si j'ai joué un personnage aussi odieux, c'était pour sauver plus sûrement l'innocence de votre malheureuse victime. *Il s'approche d'Amanda.* Intéressante créature ! oui, mon cœur ne sera vraiment satisfait que lorsque je serai parvenu à vous rendre à à votre famille éplorée. Ne perdons pas un instant ;

éveillons là. Miss.... elle paraît bien agitée. Miss....
elle ouvre les yeux.... pardon , si je trouble votre
repos.

AMANDA *regardant autour d'elle.*

Où suis-je ?

RANDOM.

Ne craignez rien.

AMANDA.

O vous, qui que vous soyez , si votre cœur est encore
sensible , ayez pitié d'une infortunée , dites-moi, qui
êtes-vous ?

RANDOM.

Un être qui compâtit à vos malheurs, et qui veut
les soulager.

AMANDA.

Quelle est cette maison ?

RANDOM.

Elle m'appartient.

AMANDA.

Qui m'y a fait transporter.

RANDOM.

(*A part.*) Je crains que cet aveu ne l'accable de
nouveau.

AMANDA.

Vous ne répondez rien , je vous entends. Voilà donc
ma cruelle destinée accomplie. Je suis la victime du
scélérat ; mais que le monstre ne se flatte pas de réussir
dans ses criminels desseins , je puis.....

RANDOM.

De grace, Miss, rassurez-vous ; votre lâche ravisseur
est éloigné, ne voyez en moi qu'un libérateur, et disposez entiérement de ma personne.

AMANDA.

Généreux étranger, quoi, sans me connaitre !....

RANDOM.

Eh ! ne suffit-il pas qu'on soit malheureux pour avoir
droit à la sensibilité de ses semblables. Où demeure
votre père ?

AMANDA.

Hélas ! je suis orpheline.

RANDOM.

Vous avez sans doute quelques parens ?

AMANDA.

Je n'en ai point, du moins dans cette ville. Une seule
amie me restait, elle me servait de mère, et de pénibles
circonstances me forcent aujourd'hui même de la quit-
ter. Sans le moindre asile, il me faut souffrir l'humilia-
tion d'entrer au service d'une femme dure, impérieuse,
et mon barbare destin, ingénieux à me persécuter, permet que je rencontre dans cette maison, mon ennemi le
plus déclaré; il trouve moyen de me parler de sa passion, on le surprend à mes genoux, on me chasse
comme une malheureuse.

RANDOM.

Et le scélérat a profité de votre évanouissement pour
vous transporter chez moi; mais, calmez-vous, intéressante Miss, vos malheurs m'ont attendri jusqu'aux

larmes, je vous supplie de disposer de tout ce que je possède, trop heureux de pouvoir réparer l'injustice de votre sort.

AMANDA.

Homme bienfaisant! je ne desire que de fuir loin de mon indigne persécuteur.

RANDOM.

Eh bien, ne différons pas. Je vais vous conduire dans une maison sûre, et demain nous aviserons aux moyens de vous assurer un sort tranquille et plus heureux. Venez, appuyez-vous sur moi, et fuyons promptement le misérable; car je tremble de le voir arriver.

SCÈNE III.

AMANDA, RANDOM, MORTIMER.

AMANDA *appercevant Mortimer.*

(*à part*). Ciel! où me cacher!

MORTIMER.

Ma présence vous gêne, Miss, vous ne vous attendiez pas que je suivrais de si près vos traces. Perfide Amanda! Quoi! au moment où votre bouche m'assurait de la suprême félicité, vous méditiez de porter le désespoir et la mort dans mon ame; vous n'avez pas hésité à fuir avec l'infâme Belgrave.

AMANDA.

Mortimer! ô Dieu! est-ce bien Mortimer qui m'accuse!

MORTIMER.

Lorsque je vous trouve dans la maison de votre séducteur, vous pourriez nier....

*(Amanda prie Random de la laisser avec
Mortimer ; il sort).*

SCÈNE IV.

AMANDA, MORTIMER,

AMANDA.

Vous savez, Milord, qu'il ne faut pas toujours juger
sur les apparences , hélas! trop souvent trompeuses.

MORTIMER.

Que pourrez-vous me dire , Amanda ; voyons , expliquez-vous, rassurez-moi , j'ai besoin de vous croire.
(à part). O Dieu! faites qu'elle puisse se justifier.

AMANDA.

Il m'est facile , Milord, de vous donner sur mon innocence de telles preuves.... *(à part).* Ciel! qu'allais-
je faire !

MORTIMER.

Eh bien , Amanda?

AMANDA.

(à part). Il faut que je dévoile ce malheureux secret d'où dépend la vie de lord Cherbury, ou que je
paraisse coupable aux yeux de Mortimer.

M O R T I M E R.

Vous ne dites plus rien.

A M A N D A.

(*à part*). Cruelle alternative! mon supplice est-il assez affreux! Mais ne craignez rien, Milord, votre secret sera respecté.

M O R T I M E R.

Amanda, si vous saviez combien Mortimer soupire après votre justification.

A M A N D A.

Milord, je ne suis point coupable, le ciel m'en est témoin, mais je ne puis rien vous révéler.

M O R T I M E R.

Comment vous trouvez-vous dans cette odieuse maison ?

A M A N D A.

Un malheureux enchaînement de circonstances m'y a entraînée.

M O R T I M E R.

Eh bien, quoiqu'il en soit, chère Amanda, mon amour l'emporte, et je n'ai plus le moindre doute, si vous consentez à partir sur-le-champ avec moi.

A M A N D A.

Je ne le puis, Milord.

M O R T I M E R.

Vous me refusez?

A M A N D A.

Qui, Milord, j'y suis forcée.

MORTIMER.

Expliquez-vous.

AMANDA.

(*à part*). Dieu! que je souffre!

MORTIMER.

De grace, Amanda, instruisez-moi.

AMANDA.

Je ne puis vous en dire davantage, Milord, l'honneur me le défend. Ciel! lord Cherbury!

———————————————

SCÈNE V.

AMANDA, MORTIMER, CHERBURY.

MORTIMER.

(*à part*. MON père!

CHERBURY.

(*à part*). Mortimer avec Amanda! je suis trahi.

AMANDA.

(*à part*). Suis-je donc destinée à paraître sans cesse
coupable.

MORTIMER.

(*à part*). Ce déguisement de mon père, ce cri d'A-
manda, à son approche, Dieu! quel soupçon!

CHERBURY.

(*à part*). Puisque je ne puis éviter le deshonneur,
mon parti est pris, allons....

(*Il va pour sortir, Mortimer le retient*).

G

MORTIMER.

Mon père, arrêtez, pourquoi me fuyez-vous?

CHERBURY.

Laissez-moi, mon fils.

MORTIMER.

Quel regard! Comment ai - je donc encouru votre colère ?

CHERBURY.

Ce n'est pas vous, Mortimer, dont j'ai à me plaindre.

AMANDA.

(*à part.*) Et je ne puis me défendre!

MORTIMER.

N'avez-vous pas, mon père , donné votre consente-ment à mon hymen ?

CHERBURY *troublé.*

Oui, mon fils.

MORTIMER.

Pourquoi ce trouble? Vous repentiriez-vous de me l'avoir donné, ce consentement?

CHERBURY.

Eh bien, oui, mon fils.

MORTIMER.

Qui a donc pu opérer dans votre cœur un si funeste changement ?

CHERBURY.

Je n'ai jamais changé, mon fils, et puisqu'il faut vous dire la vérité toute entière , votre hymen avec miss

Fitzalan n'a cessé de contrarier mes vues. Vous savez, Mortimer, que j'ai toujours projetté votre union avec la fille de la marquise de Rosline ; miss Fitzalan ne l'ignorait pas , elle m'avait même juré de renoncer à vous , de vous fuir , je comptais sur son généreux sacrifice , mais je vois....

M O R T I M R R.

Elle n'est point coupable , et c'est à moi de la justifier ; oui , elle m'a fui , cette femme trop vertueuse , et j'ai pu soupçonner son honneur ! Quoi , mon père , tous les tourmens , toutes les souffrances que vous et moi lui avons fait essuyer , l'héroïsme de ses vertus ne pourront-ils enfin vous désarmer ! Vous voulez que j'unisse mon sort à celui d'une femme qui n'a pour elle que son opulence ? Mon père , à quoi me serviront tous ces biens !

C H E R B U R Y.

Eh ! mon fils !....

M O R T I M E R.

Me rendront-ils plus heureux ?

C H E R B U R Y.

S'ils faisaient le bonheur de votre père , s'ils assuraient sa tranquillité.

M O R T I M E R.

Expliquez-vous.

C H E R B U R Y.

(*à part*). Qu'ai-je dit ?

M O R T I M E R.

Achevez.

C H E R B U R Y.

(*à part*). Non , je ne pourrai jamais.....

MORTIMER.

Confiez vos peines à votre fils.

CHERBURY.

Non, ne l'espérez pas.

MORTIMER.

Qui mieux que lui peut les soulager!

CHERBURY.

Eloignez-vous, Mortimer.

MORTIMER.

Non, mes larmes vous attendriront.

CHERBURY.

Fuyez-moi, malheureux.

MORTIMER.

Ne me repoussez pas, mon père; de grace, ne me repoussez pas, je tombe à vos genoux.

(Mortimer se traîne aux genoux de Cherbury qui entre dans l'appartement voisin).

SCÈNE VI.

AMANDA *seule.*

GRAND DIEU! mes maux sont - ils près de finir, puis-je encore espérer le bonheur!

SCÈNE VII.

AMANDA, RANDOM, *accourant.*

RANDOM.

Fuyez vîte, Miss, vous n'avez pas un moment à délibérer ; votre lâche ravisseur suit mes pas.

AMANDA *fuyant.*

O ciel !

SCÈNE VIII.

AMANDA, RANDOM, BELGRAVE.

BELGRAVE *arrêtant Random.*

Que faites-vous, Random ?

RANDOM.

Mon devoir.

BELGRAVE.

Voilà cent guinées pour payer ton service.

RAMDOM.

Votre or ne me séduit pas.

BELGRAVE.

Perfide, crains ma vengeance.

RANDOM.

Je ne crains que le déshonneur.

BELGRAVE.

Eh bien, puisqu'il faut employer la force, paraissez,
mes amis, et exécutez promptement mes ordres.

(*Deux domestiques de Belgrave s'emparent
d'Amanda, elle se débat, elle est près d'être
entraînée quand Oscar paraît*).

SCÈNE IX.

Les Précédens, OSCAR, MISTRISS, BRYNE.

OSCAR *tirant son épée.*

ABOMINABLE séducteur, tu ne la posséderas qu'après
m'avoir arraché la vie.

BELGRAVE.

Eh bien, défends donc tes jours.

(*Ils mettent l'épée à la main, pendant ce tems
Amanda est reprise par les deux hommes,
Random et mistriss Bryne parviennent à la
délivrer, elle s'échappe, se jette au-devant des
épées*).

AMANDA.

Mon frère !

(*Elle détourne le coup qui allait le percer. Lord
Cherbury et Mortimer accourent au bruit et sé-
parent les combattans.*

S C È N E X.

Les Précédens , CHERBURY , MORTIMER.

CHERBURY *à Belgrave.*

Jeune homme , votre conduite est infâme.

BELGRAVE.

Je suis maître de mes actions , Milord. Je ne vous
dois , sur ma conduite , aucun compte , et c'est vous qui
avez à m'en rendre.

(*Mortimer met la main sur son épée*).

CHERBURY.

Laissez , mon fils. *A Belgrave.* Je connais mon devoir , et dès demain tous vos comptes vous seront exac-
tement rendus. J'espère qu'alors il n'existera plus de
liaison entre moi et un vil ravisseur que je ferais punir
suivant toute la rigueur des lois , si ce n'était par considération pour la mémoire de son père.

(*Belgrave sort furieux*).

SCÈNE XIᶜ. et dernière.

Les Précédens , *hors* Belgrave.

CHERBURY.

Mortimer, ô mon cher fils , c'est à votre générosité que je dois aujourd'hui la réparation d'une faute....

MORTIMER.

Mon père , mon cœur n'éprouva jamais une satisfaction aussi pure.

CHERBURY.

Et vous , modèle des vertus , honneur de votre sexe, vous seule , miss Fitzalan , pouvez m'acquitter envers mon fils.

AMANDA *avec un cri de joie.*

Ciel !

MORTIMER.

Oui, divine Amanda , mon père consent à notre union.

AMANDA *à Cherbury.*

Comment vous témoigner toute ma reconnaissance !

CHERBURY.

En faisant le bonheur de Mortimer.

OSCAR *à Cherbury et Mortimer.*

Milords , j'admire votre générosité , vous n'avez pas dédaigné d'élever jusqu'à vous une malheureuse orpheline. Permettez qu'aujourd'hui je vous présente dans ma sœur l'héritière légitime du comte Dunreath.

AMANDA.

Qu'entends-je ?

BELGRAVE.

Oui, ma chère sœur, le Ciel a permis que lady Dun-reath, à sa dernière heure, se repentit de nous avoir dépouillés des richesses de nos ancètres. Elle m'a avoué amèrement que, pour faire passer tous nos biens à sa fille, la marquise de Rosline, elle avait substitué un faux testament à celui de notre grand père. Celui-ci nous déclare ses seuls et légitimes héritiers. La validité est bien constatée, nos titres sont reconnus, et je puis, ô ma chère Amanda, te rendre digne de la noble alliance que tu vas contracter avec milord Mortimer.

AMANDA.

Mon bonheur est donc assuré.

M. BRYNE

Oui, ma chère enfant, tant il est vrai que tôt ou tard les complots des méchans sont découverts, et que la vertu reçoit sa récompense.

FIN du troisième et dernier Acte.

H

FRAGMENT DE L'OPINIATRE. (1)

DORIMON, DORVAL.

DORVAL.

Mon frère ?

DORIMON.

Laissez-moi.

DORVAL

Voulez-vous bien m'entendre ?

DORIMON.

Non, je vous le redis, Valcourt sera mon gendre,
C'est un point décidé.

DORVAL.

Quelle est donc votre humeur !
Ne peut-on vous parler sans vous mettre en fureur !
Ecoutez jusqu'au bout.

DORIMON.

Je vous entends de reste ;
Vous plaidez pour Sainville, et moi, je vous l'atteste,
Vous n'y gagnerez rien.

---

(1) J'ai renoncé à terminer cette Comédie dont le principal personnage est trop ingrat à la scène. Le caractère de *l'opiniâtre* ne prête pas assez au comique de situation, et n'offre pas assez de nuances et de développemens variés. Le peu de succès qu'ont obtenu *Bruëys*, *Brel* et *Lanoue*, en traitant le même caractère, aurait dû me détourner de travailler sur le même fond ; mais quand on commence un ouvrage, on ne voit pas d'abord toutes les difficultés qui naissent ensuite à chaque pas. J'espère, en choisissant un sujet plus heureux, que le public voudra bien accueillir mon zèle et l'envie que j'ai de lui plaire.

D O R V A L.

Il faut, sur votre esprit,
Que ce monsieur Valcourt ait un bien grand crédit.

D O R I M O N.

Oui, sans doute, très-grand.

D O R V A L.

Et la raison, mon frère?

D O R I M O N.

La raison.... c'est qu'il est... c'est qu'il sait fort me plaire.
Dois-je vous rendre compte, et ne vaut-il pas mieux,
Mille fois que Sainville, être nul à mes yeux:
Inquiet et timide, il tremble, espère, hésite,
Et sur la moindre chose il s'alarme et s'agite
Au point, qu'il céderait, je crois, eût-il raison.
Mais Valcourt a du cœur.

D O R V A L.

Je vois, qu'avec son ton,
Il vous dupe, mon frère, et qu'il vous en impose.
Comment vous avez cru tout bonnement la chose?

D O R I M O N.

Et je la crois toujours.

D O R V A L.

Parcé qu'on lui cédait,
Vous vous imaginiez qu'on eût tort en effet?

D O R I M O N.

Certes!

D O R V A L.

Belle raison! consultez bien l'usage;
Voyez: l'homme sensé toujours cède au moins sage.

Il le doit , oui, mon frère , il le doit.

D O R I M O N.

Et pourquoi ?

D O R V A L.

Parce que l'entêté n'est point de bonne foi.
L'opiniâtre ardent ne suit que ses idées ,
D'abord , sur la raison il les juge fondées ;
Puis, sentant qu'il a tort, honteux d'en convenir ,
Sur ses propres erreurs il n'ose revenir,
L'amour propre l'aveugle , alors , rien ne l'arrête ,
Il ne respecte rien , n'écoute que sa tête ,
Et malgré le bon sens , la justice et l'honneur,
Avec force il soutient ce que dément son cœur:
Voilà l'opiniâtre , et vous voulez , mon frère ,
Qu'avec lui l'on discute , il vaut bien mieux se taire.

D O R I M O N.

A tout ce beau discours, on peut fort aisément ,
Mon frère , repliquer par un autre argument
Si l'on vous écoutait ; voyez la conséquence ,
Bientôt on nous verrait plongés dans l'ignorance ;
C'est en discutant bien qu'on s'éclaire et s'instruit.

D O R V A L.

Vous éludez , Monsieur ; eh qui donc vous a dit
Qu'on ne peut discuter, mais c'est avec sagesse ,
Sur-tout en évitant la ruse, la finesse ,
Et ces lâches détours dont on voit l'entêté ,
S'armer impudemment contre la vérité.

D O R I M O N.

Monsieur mon frère ainé, vous avez la manie
De vouloir régenter ; finissons, je vous prie ,
Malgré vos bons conseils, vous permettrez , je crois ,

Que j'en use à ma guise?

D O R V A L.

Ainsi donc votre choix

Se fixe....

D O R I M O N.

Sur Valcourt.

D O R V A L.

L'affaire est décidée?

D O R I M O N.

Oui.

D O R V A L.

Sans hésiter?

D O R I M O N.

Oui.

D O R V A L.

Quoi! rien de cette idée

Ne peut vous détourner?

D O R I M O N.

Non, rien.

D O R V A L.

Quel engouement!

Adieu. Peut-on pousser plus loin l'aveuglement!

F I N.

De l'Imprimerie Expéditive, rue St.-Benoît, n°. 21,